# 20 cuentos ya LEO

# Escogidos

Edición: Ana Doblado
Ilustraciones: Marifé González
Diseño, realización y cubierta: *delicado diseño*

© SUSAETA EDICIONES, S.A.
C/ Campezo, s/n - 28022 Madrid
Tel.: 913 009 100 - Fax: 913 009 118

# 20 cuentos

# ya LEO

# Escogidos

susaeta

# Índice

# El cuervo que quiso ser águila

Había una vez un cuervo muy orgulloso y presumido.

Tenía a todos los cuervos sometidos porque se creía el más fuerte.

—¡Atajo de inútiles! —les decía.

Un día, apareció en el cielo un águila.

Dio un par
de vueltas
y se lanzó
en picado sobre
unos corderos,
atrapando
al más
grande.

—¿A que no eres capaz
de hacer eso? —le retó
el cuervo más viejo de
la manada al
presumido.

El cuervo
presuntuoso se
lanzó al aire, dio
un par de vueltas y cayó sobre
el lomo de un cordero. Intentó torpemente
levantar el vuelo, pero no pudo mover
al cordero de su sitio y se quedó
enganchado en sus lanas. Pidió ayuda a sus
compañeros, pero no le hicieron caso.

Entonces, el pastor se acercó corriendo
con su garrote y encerró al cuervo
presumido en una jaula.

# El espíritu de la botella

En una aldea de un lejano país de Oriente vivían un leñador que se pasaba el día cortando leña, y su hijo, un mozalbete que destacaba por su inteligencia y su afán de aprender.

Pero al leñador las cosas no le iban bien y el muchacho tuvo que dejar sus estudios para ayudar a su padre con la leña.

Una mañana el mozo se acercó al río y, de pronto, oyó una voz que gritaba:

—¡Por favor, sáqueme de aquí!

Entonces vio a sus pies una botella. Dentro había un inquieto sapo que intentaba salir desesperadamente.

Quitó
el tapón
y el sapo,
al salir,
creció
tanto que
llegó a la altura de
la vieja encina
junto a la
que se
encontraba.

15

—Soy un espíritu. He estado mil años encerrado dentro de esta botella y he jurado matarte.

—Tranquilo, gigantón —dijo el mozo con mucha calma.

—Mi poder es ilimitado, muchacho.

Y reduciendo su tamaño se metió de nuevo en la botella. El muchacho volvió a poner el tapón y tiró la botella al mismo lugar donde la había encontrado.

—¡Sácame de aquí y te colmaré de riquezas y bienes! —gritó el espíritu aporreando el cristal.

El hijo del leñador se compadeció de él, quitó de nuevo el tapón y le soltó.

16

Entonces el espíritu le
entregó una piedra blanca y le dijo:

—Toma. Cualquier metal que toques
con ella se convertirá en oro.

El muchacho tocó con la piedra blanca
la vieja hacha con la que cortaba leña y
ésta se convirtió en una enorme y
reluciente hacha de oro.

Al día siguiente padre e hijo llevaron el
hacha de oro a un joyero de la ciudad,
quien les pagó tanto dinero que el joven
pudo terminar los estudios y convertirse
así en un reconocido y prestigioso médico.

# El jorobadito

Reinó hace muchos años un rey que tenía tres hijos, el menor de los cuales era jorobadito. Su padre se avergonzaba de él y nadie le quería, sólo su madre. El rey, que estaba enfermo y se sentía muy viejo, les pidió a sus dos hijos mayores que fueran en busca del agua de la juventud.

Los hijos partieron, pero no volvieron nunca porque se dedicaron a divertirse.

Con tanta
diversión se
olvidaron del
encargo de
su padre.

Al príncipe jorobadito le dio pena el anciano rey, que cada vez estaba más enfermo, y le pidió permiso para ir a buscar el agua rejuvenecedora.

El rey accedió, pero como desconfiaba de él, sólo le entregó un carruaje viejo, tirado por un caballo enfermo y flaco.

Partió el príncipe y, después de mucho cabalgar, se encontró con un pastor. Éste le pidió ayuda para rescatar a un cordero de entre las zarzas. El príncipe le ayudó y el pastor, agradecido, le regaló un carcaj con flechas, y una flauta, diciéndole:

—Cada flecha que dispares irá derecha al blanco y la flauta hará bailar a todos los que oigan su música.

Siguió su camino y de pronto sintió un hambre atroz. Decidió dar caza a una vieja garza; pero ésta le suplicó que no la matara y, que a cambio, le daría comida y le diría dónde estaba el agua rejuvenecedora, el accedió.

La garza le indicó el camino hacia el castillo de un malvado ogro, que era el que poseía el agua mágica.

El jorobadito llegó allí y tocó su flauta. Entonces el ogro comenzó a bailar muy animadamente en los jardines del palacio.

Después de danzar y danzar toda la tarde, derrotado de tanto baile, dijo:

—Me he divertido mucho, pídeme lo que quieras y te lo concederé al instante.

El príncipe le dijo que quería dar tres vueltas al castillo y quedarse con todo lo que pudiera coger en el camino. El ogro accedió y el jorobadito tomó un saco repleto de oro, una botella llena del agua milagrosa y una mula para poder escapar. También se llevó consigo a una bella princesa que el ogro tenía encerrada en una torre. Engañó al ogro, dando sólo dos vueltas y, antes de dar la tercera, huyó a lomos de la mula, llevándose a la princesa, el agua y el saco de oro.

Se dirigió al castillo de su padre, el rey, y le dio un vaso del agua rejuvenecedora. El milagro fue inmediato: el enfermo se levantó de la cama de un salto y nombró heredero del trono a su hijo menor, el valeroso príncipe jorobadito, ya que sus hijos mayores le habían fallado.

Días después el príncipe se casó con la hermosa princesa y fueron muy felices.

# La luz de la tierra

Cuenta una vieja leyenda, difundida por el norte de Portugal, que había en un pueblo una casa embrujada.

Su dueño había ofrecido una recompensa a quien fuese capaz de pasar allí una noche. Todos los que lo intentaron huyeron despavoridos al oír una voz cavernosa que provenía de la vieja biblioteca y que decía:

—¡Alumbradme, por favor!

Una noche de lluvia y viento llegaron al pueblo una pobre mendiga y su hijo. Temiendo no poder sobrevivir a una noche así, solicitaron al dueño de la casa abandonada que se la dejara.

—Es aquella mansión grande que está entre los árboles —les dijo, indicándoles el camino de la casa encantada.

La mansión era sólida y confortable. Cuando la mujer y su hijo estaban cenando, oyeron una voz suplicante que decía:

—¡Alumbradme, por favor!

La voz procedía de una habitación que estaba al fondo del salón.

El valeroso muchacho entró en la biblioteca y vio, a la luz de una vela, a un anciano sentado en un sillón con un grueso libro en las manos.

—¿Ha pedido usted luz, señor? —preguntó el niño con mucha educación.

—Sí, por favor. Acércate y alúmbrame con tu vela para que pueda leer este libro.

El niño se sentó junto al anciano y le alumbró mientras éste leía sin descanso.

Y así pasaron varias horas hasta que por fin, ya casi al amanecer, el anciano lanzó un suspiro de alivio y cerró el libro.

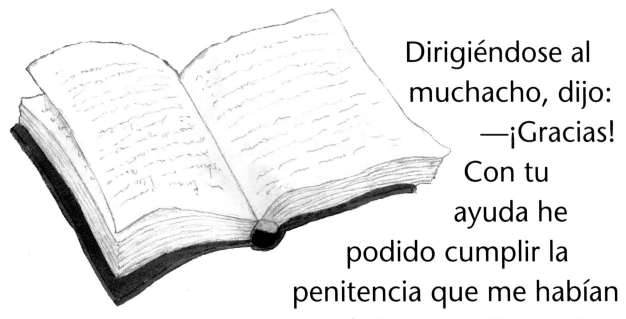

Dirigiéndose al muchacho, dijo:
—¡Gracias! Con tu ayuda he podido cumplir la penitencia que me habían impuesto. Debía leer este libro a la luz que me ofreciera una persona de buena voluntad, que has resultado ser tú. En agradecimiento, te dejo todo lo que contiene ese baúl que está ahí debajo.

Osciló la llama de la vela y, cuando el niño volvió, el anciano había desaparecido en la oscuridad.

LLamó a su madre y, muy contentos, abrieron el baúl. ¡Qué sorpresa! Estaba repleto de oro, joyas y piedras preciosas.

Con el tesoro compraron una espléndida casa, muebles, muchos vestidos y zapatos, y llenaron la despensa con exquisitos manjares.

El muchacho comenzó a ir a la escuela, a recibir educación y cultura. Y en su nueva casa dispusieron, además, varias habitaciones con camas para dar albergue y comida a los peregrinos que lo necesitaran. Éste fue el mejor homenaje a su pasado de pobreza y necesidad.

# La gata, el águila, la jabalina y la zorra

Había una vez un robusto árbol que servía de vivienda a tres animales: un águila con su nido en las alturas, una jabalina con su madriguera entre las raíces y una gata en el hueco del tronco.

La gata siempre estaba pensando en molestar a sus vecinas, que eran animales honrados y trabajadores. El águila se pasaba el día buscando alimento para sus aguiluchos y la jabalina buscaba raíces y bellotas para sus crías. La gata un día tuvo una muy mala idea. Subió hasta el nido del águila y preguntó:

—¿Se puede, señora águila?

32

33

—¿Qué se le ofrece, vecina? —contestó el ave amablemente.

—¿Ha visto usted que nuestra vecina de abajo se pasa el día hozando en las raíces del árbol? Yo creo que pretende tirarlo para poder comerse a sus aguiluchos.

Y, diciendo esto, se despidió del águila y volvió a su casa.

Más tarde la gata descendió a donde estaba la jabalina, para decirle:

—Me he enterado de qué el águila está tramando comerse a sus jabatos...

—¡No me diga usted, señora gata! —exclamó la jabalina muy asustada.

Tanto miedo sentían el águila y la jabalina, que no se movían de su vivienda, mientras que la malvada gata entraba y salía de su madriguera cuando quería.

En las proximidades vivía una zorra que, habiendo escuchado todo, decidió intervenir.

—¡Gata, eres mala
y muy chismosa!
   La gata no sabía de
dónde provenía
aquella voz, así que
prefirió no responder
al insulto y preguntó:
   —¿Y tú quién eres?
   —Soy el demonio
de este bosque —dijo
la zorra—. ¡Acabarás
en mis garras por haber
mentido a tus vecinas!
   ¿Acaso no eres tú quien quiere
comerse a todas las crías?
   —Es verdad —confesó la gata medio
muerta de miedo y sin atreverse a mentir
al mismo demonio.

El águila y la jabalina se asomaron para escuchar mejor. Sin pensarlo dos veces, el águila descendió de su nido y atrapó a la gata, la elevó por el aire y le estuvo dando picotazos hasta que, soltándola, dijo:

—¡Ahí va, señora jabalina! ¡Dele su merecido!

La jabalina la lanzó tan lejos que fue a caer entre los matorrales, y allí acabó sus días, devorada por la zorra.

Desde entonces, el águila, la jabalina y sus respectivas familias vivieron felices con la armonía de los buenos vecinos.

# Pedro y Pablo

É rase una vez dos vecinos llamados Pedro y Pablo. El primero era muy pobre, pero feliz. El segundo era muy rico, pero siempre estaba quejándose de todo.

En cierta ocasión, el rico le dijo al pobre:

—Oye, Pedro, tu gallo salta a mi jardín y estropea mis flores. Enciérralo o lo mato.

Como Pedro no quería tener problemas, mató a su gallo y se lo llevó como regalo al hombre más rico del pueblo.

—Te lo agradezco, pero, ¿por qué no te lo comes tú con tu familia? —le dijo el ricachón.

—Es que he pensado que para qué les voy a dar carne sólo un día, si apenas tienen pan para comer cada día —dijo Pedro.

—Está bien, entonces lo guisará mi cocinero. Pero

con la condición de que tú comas con nosotros y hagas el reparto del gallo: hazlo bien y te premiaré; si no, mandaré que te apaleen.

Pedro comenzó a repartir el gallo: le dio la cabeza al ricachón; a su mujer, el cuello; a los dos hijos varones, las alas y a las hijas les tocaron las patas.

—Lo que ha sobrado, para mí —dijo Pedro al concluir el reparto.

El ricachón felicitó a Pedro por su buen hacer y le hizo abundantes regalos.

Cuando Pablo se enteró del asunto, mató los cinco gallos más gordos que tenía y se presentó en casa del ricachón. Éste aceptó el regalo de mala gana, advirtiéndole:

—Tú serás el encargado de repartir los cinco gallos entre todos: somos siete contando contigo. Hazlo bien o te apalearé.

Pablo, después de pensar mucho sin dar con la solución, se rindió diciendo:

—Me doy por vencido: no sé cómo repartir equitativamente estas aves.

Entonces el ricachón mandó que hicieran venir a Pedro a su casa.

—No sé si podré repartirlos con justicia, pero llamaré en mi ayuda a la Santísima Trinidad para que me inspire.

Tomó Pedro un gran cuchillo y comenzó a repartir diciendo así:

—Su señoría y su señora esposa, más un gallo, forman una trinidad; los dos hijos varones y otro gallo, forman la otra trinidad; las dos hijas y otro, for- man también otra trinidad. Y yo, juntamente con los dos gallos que quedan, formamos otra trinidad. Buen provecho a todos.

Rieron los presentes el ingenio de Pedro y, cuando se calmó el jolgorio, el ricachón dijo sentenciando:

—A Pedro, por su buen juicio e ingenio, le regalo una casa de campo con todos sus terrenos para que pueda cultivar.

—¿Y para mí? —preguntó Pablo, ansioso.

—Tú, por avaro y por tonto, te llevarás veinticuatro latigazos.

Tres fornidos criados hicieron su entrada en el comedor y le atizaron los veinticuatro golpes.

# El pozo mágico

Dos hermanas, llamadas Alda y Nilda, vivían con su madre en una granja. Alda, la mayor, era antipática y perezosa, mientras Nilda era simpática y laboriosa.

Un día Nilda estaba hilando junto al pozo y se le cayó el huso dentro. Al intentar cogerlo, se cayó al fondo de las aguas y se desmayó. Cuando recobró el sentido, se encontró en un lugar maravilloso. Empezó a caminar hasta que encontró un manzano cargado de frutos, que le pidió que descargara sus ramas porque no podía con el peso. Así lo hizo la niña y siguió andando hasta llegar a una casita en la que había una viejecita que le dijo:

—Soy la vieja Escarcha. Quédate aquí, necesito que alguien me haga la cama ablandando bien el colchón.

Nilda se quedó con la vieja Escarcha y allí fue muy feliz, porque trabajaba sin que nadie la regañase.

Pero un día Nilda sintió deseos de volver con su madre. La vieja Escarcha, antes de despedirse, condujo a la niña bajo un árbol del que cayó una lluvia de monedas de oro que se pegaron a sus ropas. Después le entregó el huso que había perdido y, al instante, por arte de magia, Nilda se encontró de nuevo sentada en el brocal del pozo de su casa.

Su hermana y su madre acudieron a abrazarla y ella les contó todo lo sucedido. Entonces, la madre pensó que su hija mayor podría sacar mejor provecho repitiendo la misma aventura.

Alda se dirigió al pozo, tiró el huso y se lanzó al fondo a buscarlo.

Apareció en
el mismo lugar
que conociera
su hermana
y encontró el
manzano cargado
de frutos, que le
pidió la misma labor
que a Nilda. Alda pensó
que descargar las ramas
era mucha tarea y
siguió su camino,
hasta llegar
a la casita de
la vieja
Escarcha.

La viejecita le pidió que se quedara con ella y así lo hizo, pero pronto se cansó de hacer su trabajo y la anciana tuvo que despedirla. Alda pensó que entonces recibiría los regalos.

La vieja Escarcha la condujo bajo las ramas del árbol del jardín. Entonces cayó sobre ella una lluvia de alquitrán que se quedó pegado a sus ropas. Al instante, como por arte de magia, Alda se encontró otra vez junto al pozo de su casa.

Nilda y la madre corrieron presurosas a su encuentro y ella les dijo:

—He recibido lo que merecía por ser perezosa y egoísta. Os aseguro que en adelante seré totalmente distinta.

Y desde aquel día Alda aprendió la lección: fue una muchacha mucho más simpática, trabajadora y buena con los demás, como lo era su hermana Nilda y como deben ser todas las personas.

49

# Blancanieves y Rojaflor

Hace muchos años vivía una mujer con sus hijas, Blancanieves y Rojaflor. Una noche de invierno alguien llamó a la puerta. Las tres se asustaron cuando, al abrir, vieron aparecer un oso negro. Al ver su mirada dulce y afectuosa, lo invitaron a pasar. El oso se sentó junto al fuego y las niñas quitaron la nieve que cubría su piel. Se hicieron muy amigos y se quedó a vivir con ellas. Pero un día, cuando pasó el invierno, el oso les dijo:

—Debo irme. Los enanos del bosque, con la llegada de la primavera, me roban todos los tesoros que tengo escondidos en mi guarida.

Las abrazó con mucho
cariño y partió.

Un día, cuando las
niñas jugaban en
el bosque,
oyeron
unos
gritos.

Era un hombrecillo que se había
enganchado la barba con una rama.

Rojaflor cortó la punta de la barba
y el enano se soltó. Pero en vez de
dar las gracias, el hombre gruñó y
se alejó con una bolsa llena de oro:

—¡Malvadas, me habéis cortado la barba!
Las niñas no imaginaban que esto
mismo se repetiría en varias ocasiones
y el enano siempre gritaría enfadado.

Un día le encontraron escondido
mirando todos sus tesoros. Al verlas chilló:

—¡Me habéis descubierto, os mataré!
En ese momento se cruzó un gran oso
negro, al que las niñas reconocieron como
su amigo, y apretó al enano hasta que
éste murió. La piel del oso cayó al suelo y,
en su lugar, apareció un apuesto príncipe.

Era el hijo del rey, a quien el enano había encantado para robarle. El príncipe se casó con Blancanieves y un hermano suyo con Rojaflor. Fueron muy felices porque, además de enormes fortunas, eran dueños de la mayor riqueza del espíritu: el amor.

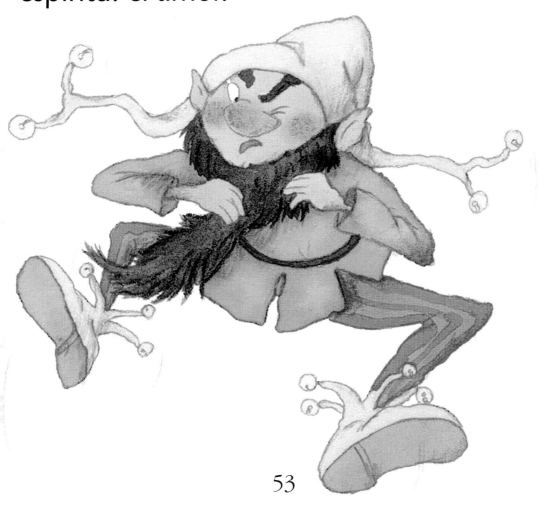

# La codorniz y la bella campesina

É rase una vez una linda muchacha llamada Rosa, hija de un labrador, que iba a casarse con Jacinto, del que estaba muy enamorada. Pero ella veía un problema en su futuro: Jacinto era pobre.

Quería casarse con un hombre rico y poderoso, aunque su padre siempre le decía que la riqueza no daba la felicidad.

Un día llegó a la aldea el príncipe heredero. Rosa, al verle, se imaginó casada con él y siendo lo que siempre soñó: una princesa.

Cuando volvió a su casa, Rosa estaba triste; comparaba a Jacinto con el apuesto príncipe y las lágrimas acudían a sus ojos.

En esto, vio acercarse por el camino a una ancianita encorvada que le dijo:

—¿Sabes la historia de la codorniz que perdió su libertad? Pues en un bosque vivía una codorniz que vivía muy feliz. Cerca de allí vivía un honrado campesino que había sembrado un campo de trigo. La codorniz se dirigió hacia el trigo, dispuesta a comérselo, sin saber que el hombre tenía una red para cazar aves ladronas. La red la aprisionó y se lamentó de haber perdido su nido y su libertad por unos granos de trigo.

La muchacha comprendió que si ella seguía con sus sueños de riquezas, iba a perderlo todo por culpa de un capricho.

Hay que valorar lo que se tiene, nada vale tanto como la libertad.

Rosa se sentía feliz porque ya no se acordaba del príncipe ni de sus tesoros. Recogió algunas flores y, escuchando a los pájaros, regresó a su casa.

A los pocos días se celebró la boda de Rosa y Jacinto, y fueron muy felices.

# Los cuatro hermanos listos

Cuando los cuatro hijos de un leñador se hicieron mayores, su padre les dijo:

—Hijos míos, aquí conmigo cortando leña no tenéis futuro. Salid a ver mundo e intentad encontrar buenos trabajos que os conviertan en hombres de provecho. Volved dentro de cuatro años, para ver cómo os han ido las cosas.

Abrazaron a su padre y partieron. Caminaron hasta un frondoso bosque y, atravesándolo, llegaron a una encrucijada.

De ahí partían cuatro caminos
y decidieron coger uno cada uno.
Antonio, el mayor, caminó
todo el día, adentrándose más
y más en una espesa selva.

Al anochecer, encontró una cabaña y se dirigió a ella para ver si le dejaban pasar allí la noche. Salió a recibirlo un hombre de aspecto simpático, al que Antonio contó el motivo de su viaje. Estuvieron cenando y después el hombre le dijo:

—Te ofrezco un lugar en mi casa si quieres ser mi ayudante. Pero mi oficio es un poco arriesgado, soy ladrón.

El muchacho, decidido a no robar, pero deseoso de aprender algo, aceptó.

El segundo hijo, Tomás, siguió su camino hasta que le sorprendió una tormenta.

Buscó
refugio en
una casita en la
que fue recibido por
un anciano de blancas
barbas, quien le invitó a
pasar y sentarse junto al
fuego para secar sus ropas.
Tomás observó que la casita
del anciano estaba repleta de
extraños aparatos. El anciano
le explicó que él era astrónomo
y Tomás le pidió quedarse
como su ayudante.

Y como Tomás era muy
inteligente pronto comenzó
a observar en el cielo cosas que
el maestro no lograba ver.

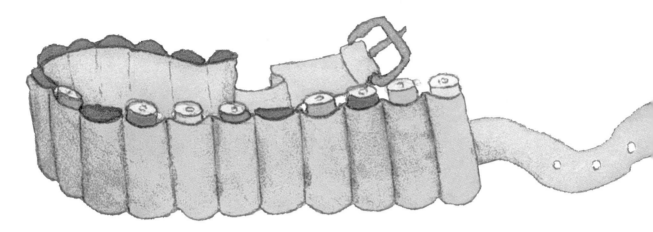

Luis, el tercero de los hermanos,
fue también sorprendido por la noche
en pleno camino. Vio luz en la ventana
de una casa y hacia allí se encaminó.
Le abrió la puerta un hombre vigoroso
que le propuso que se quedara con él.

—Soy el mejor cazador de la comarca
y puedo enseñarte a manejar el rifle.

El joven hizo tantos progresos que llegó
a superar a su maestro en puntería.

En cuanto a Carlos, el más joven de
los cuatro hermanos, siguiendo su camino
llegó a la ciudad y allí buscó trabajo.

Entró de ayudante en un taller de sastrería. Y poco después el joven se convirtió en un magnífico sastre, por lo que aumentó la clientela de la tienda.

Pasados los cuatro años de plazo, los cuatro hermanos regresaron a la cabaña de su padre y cada uno contó su historia.

Cuando hubo escuchado el relato de sus cuatro hijos, el leñador dijo:

—Muy bien. Cada uno de vosotros habéis aprendido un oficio distinto. Mañana los probaremos todos.

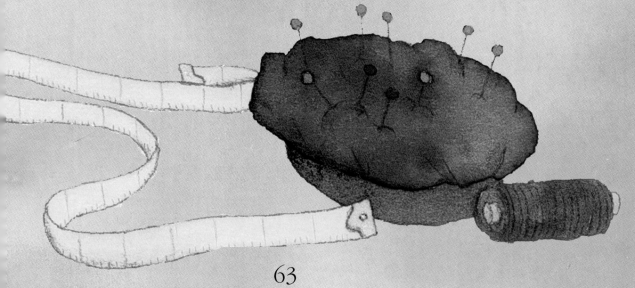

Al día siguiente fueron al campo y el padre dijo:

—En la rama de aquel árbol hay un nido. Tomás, tú que ves bien, ¿cuántos huevos hay?

—Cinco —contestó Tomás muy seguro.

—Muy bien, ahora tú, Antonio, a ver si logras retirar con cuidado los huevos del nido sin que el pájaro que los guarda se dé cuenta de nada.

Trepó Antonio ágilmente a la rama
y sacó los huevos del nido sigilosamente.

—Ahora pondré los huevos en esta mesa,
y tú, Luis, los perforarás de un solo disparo.

Luis apuntó con su rifle y acertó el tiro.

—Ahora te tocará zurcirlos a ti, Carlos,
que por algo eres sastre.

El zurcido fue tan perfecto que los
huevos no parecían haber sido tocados.

—Estoy contento de vuestra habilidad,
hijos míos, volved cada uno a vuestro
oficio y no olvidéis que la vida
debe ser una
búsqueda
constante
de la
perfección.

# El baúl volador

É rase una vez un viejo avaro que pasó toda su vida ahorrando. Disfrutaba contando las monedas de oro que guardaba con mucho cuidado. Siendo ya anciano, enfermó y murió por no querer gastar ni una moneda en medicinas.

Su fortuna la heredó el único hijo que tenía, que comenzó una vida de grandes fiestas, malgastando el dinero que su padre ahorró.

Hasta que un día se acabó el dinero, los amigos se fueron y se quedó solo. Entonces su único amigo verdadero le dijo:

—Toma este baúl, que tiene un don mágico: si aprietas en la cerradura, saldrá volando hasta donde tú quieras.

Deseoso de alejarse de allí, el joven se introdujo en el baúl diciendo:

—¡Rumbo a Turquía!

Y en pocos minutos estaba en un parque de las afueras de Estambul.

Andando por las calles, se detuvo ante el suntuoso palacio de una bella princesa.

«¡Qué feliz sería yo si pudiese vivir en este palacio junto a su dueña!», pensó.

Apretó la cerradura del baúl y dijo:

—¡Al palacio de la princesa!

Y a los pocos minutos estaba frente a una hermosa princesa que le preguntó:

—¿Y vos quién sois?

—Soy un profeta de Oriente —mintió él—. He venido para casarme con vos.

La joven contestó encantada:

—Pues venid mañana a palacio y solicitad mi mano; pero si queréis triunfar, deberéis contar una historia que sea sentimental, para que le guste a mi madre, y alegre para que le guste a mi padre.

A la mañana siguiente el muchacho voló en su baúl hasta el palacio donde le esperaban para escuchar su historia. Y habló así:

«Había una vez una caja de fósforos orgullosos de proceder del árbol más hermoso del bosque.

Convivían en la cocina rodeados de otros utensilios que los consideraban indignos de estar a su lado.

—Nosotros éramos un bello árbol, hasta que llegaron unos leñadores y lo cortaron —dijeron los fósforos.

—Mi vida ha sido muy diferente —les contestó una cacerola—. Yo no he hecho otra cosa que estar puesta al fuego una y otra vez, y cocer y cocer…

—¡Cuánto habláis! —dijo una olla de barro—. ¡Vamos a divertirnos un poco!

Platos, tenedores y cuchillos se pusieron a bailar con gran alegría.

En aquel momento entró la cocinera y todos se quedaron quietos.

La mujer encendió un fósforo y el resto, no queriendo ser menos, dijeron:

—¡Qué suerte tiene, vamos con el!

Se acercaron tanto al fósforo que ardía, que todos se encendieron y pronto quedaron consumidos y quemados».

A los reyes les satisfizo la historia y concedieron la mano de su hija a nuestro joven aventurero. La boda se celebró enseguida y el matrimonio fue la pareja más feliz de Turquía.

# Bolita

Al hijo de la panadera le habían puesto de mote Bolita porque desde que nació era muy gordinflón. Vivía con su madre y le ayudaba a hacer panes y tortas. Bolita tenía sólo una enemiga: una ogresa que quería comérselo.

Un día llegó la ogresa con un saco al hombro y la madre de bolita le dijo:

—¡Corre a esconderte bajo la mesa!

Cuando la malvada ogresa llegó a la panadería, dijo sonriendo:

—Buenos días. ¿Y Bolita?

—No está —contestó la madre rápidamente.

—¡Qué lastima! Le traía una cuchara de plata de regalo.

—¡Ji, ji, ji, estoy aquí! —rió Bolita saliendo del escondite.

—Te traigo un regalo. Pero

me duele tanto la espalda que tendrás que meterte tú en el saco y sacarlo —dijo la ogresa.

Cuando Bolita se metió en el saco, la ogresa lo ató y salió corriendo con él.

Después de mucho caminar se sintió cansada y se echó a dormir un rato. Bolita se escapó y puso una raíz de pino en su lugar. Cuando la ogresa llegó a su casa y vio lo que llevaba en el saco casi se muere.

Al cabo de unos días la ogresa intentó de nuevo capturar a Bolita. Entró en la panadería, preguntó por él y volvió a engañarle, esta vez con un tenedor. Se lo llevó en el saco, pero el niño logró escapar dejando en su lugar una gran piedra.

Cuando la ogresa llegó a su casa puso
agua a calentar y volcó el contenido del
saco. La piedra rompió la olla, el agua
se derramó y la ogresa se quemó.

Pero como era muy terca, volvió pocos
días después con un pastel de chocolate y
capturó al niño de nuevo. Esta vez no se
detuvo a descansar en el camino y llegó a
su casa con la lengua fuera. Dejó el saco al
cuidado de su hija.

La ogresita liberó a Bolita y le dejó
escapar. Después puso unos cuantos

ratones y hierbas a
cocer en el caldero
para hacer el caldo.
Bolita se subió al
tejado, después de
haber colocado la raíz de pino y la piedra
sobre la puerta. Al poco llegó la ogresa con
unos amigos ogros a comer. Se sentaron a
la mesa y comenzaron a tomar su caldo.

—¡Qué rico está el caldo de Bolita!
—exclamaba la ogresa, relamiéndose.

—¡Muy rico, muy rico, claro que sí!
—añadían los invitados muy convencidos.

Entonces se oyó una voz desde el tejado:

—¡Está tan rico porque está hecho con
ratones y hierbas de ogresa!

Salieron todos corriendo para ver quién había en el tejado. En el momento oportuno Bolita dejó caer la raíz de pino y la piedra, aplastándolos a todos.

Después Bolita llenó un saco con todo el oro que tenía escondido la ogresa en su casa y corrió a llevárselo a su madre, para que le hiciera tortas y pasteles durante muchos años.

# El camino del cielo

Un campesino muy pobre tenía tres hijos. Cuando éstos crecieron y ya eran mozalbetes, los llamó y les dijo:

—Viviendo aquí conmigo nunca podréis dejar de ser pobres. De modo que id por esos mundos de Dios a buscar fortuna.

El padre había preparado para el viaje de sus hijos tres tortas. Le dio la más grande al hijo mayor, la mediana al mediano y la más pequeña al menor.

—¡Id con Dios y que Él os guarde! Seguid siempre el camino recto, que es el camino del cielo —los despidió llorando.

Andando, andando, el mayor se encontró con una mujer muy pobre que llevaba a un niño pequeño en los brazos.

—¿Me darías un trocito de tu torta para mi hijito, que está llorando de hambre?

—Antes se la daría a un perro. ¡Qué asco de mendigos! —contestó el joven.

Pero antes de irse se volvió hacia la pobre mujer para preguntarle:

—Por cierto, ¿podrías indicarme
el camino del cielo?

—Sigue este sendero. Cuando
llegues a un cruce, toma el
camino de la izquierda hasta una
puerta roja; llama y llegarás a
donde te corresponde
—respondió la mujer.

El segundo hijo caminó hasta
que se encontró con la misma mujer, que
le pidió un pedacito de torta.

—Os lo daría, pero la necesito toda para
mí. Por cierto, ¿sabéis cuál es el camino
que conduce al cielo? —dijo el muchacho.

—Sigue ese sendero. Cuando llegues a
un cruce, toma el camino del centro hasta
una puerta amarilla; llama y llegarás a
donde te corresponde —respondió ella.

81

El más pequeño de los hermanos también encontró a la mujer con el niño en brazos. Ella le pidió un trozo de torta para su niñito hambriento.

—Un trozo no, buena mujer, os doy la torta entera, yo ya me arreglaré. Por cierto, ¿conocéis el camino del cielo?

—Mira, es muy fácil —respondió la mujer—. Sigue este sendero y llegarás a un cruce con tres caminos. Toma el de la derecha hasta una puerta blanca; llama y encontrarás lo que deseas.

Los tres hermanos tomaron cada uno su camino: el mayor llamó a la puerta roja, de la que salieron muchas llamas y horribles demonios que le llevaron para dentro a rastras.

El hermano mediano llamó a
la puerta amarilla: era el purgatorio.
Pero el hermano menor llamó a la
puerta blanca y aparecieron unos
ángeles que lo llevaron al interior,
repleto de luces y flores. Entre ellos
estaban la mujer y el niño, que no eran
otros que la Virgen y el Niño Jesús, que
lo recibieron con los brazos abiertos.

El muchachito, bueno y generoso,
había encontrado el camino del cielo.

# Lluvia de estrellas

Cuenta la historia que, hace varios siglos, una gravísima enfermedad causó estragos entre los habitantes de una gran ciudad del centro de Europa.

En pocos días murió gran parte de la población. Entre las personas que lograron salvarse se encontraba una linda niña que había perdido a sus familiares y se encontraba sola y sin saber adónde ir. Sólo tenía la ropa que llevaba puesta y un trozo de pan. Vagaba por las calles y, hambrienta, se sentó para comérselo. Entonces se le acercó un niño cubierto de harapos que le dijo:

—¡Por favor, dame un poco de pan, que me estoy muriendo de hambre!

La niña sintió pena y se lo dio entero. Siguió vagando por las calles y encontró a una mozuela tiritando de frío.

—¿Qué te pasa? —le preguntó.

—¡Tengo mucho frío! ¿No ves? Estoy medio desnuda.

La pequeña se quitó su abriguito y lo puso sobre los hombros de la niña.

Siguió su camino medio desnuda, pues sólo la cubría una fina camisa y un gorrito de lana que su madre le hizo al comenzar el invierno.

Llegó a un pequeño bosque y oyó una voz lastimera:

—¡Socorredme! ¡Soy ciego y tengo frío!

Era un pobre anciano ciego que estaba apoyado sobre el tronco de un árbol.

—Buen hombre —le dijo la niña con tristeza—, no me queda para abrigaros otra cosa que no sea mi gorrito de lana. Tomadlo, calentaos por lo menos la cabeza y así os encontraréis mejor.

Diciendo esto, ella misma colocó sobre la cabeza del anciano el gorrito de lana rojo.

—Eres buena —dijo
el anciano—. Dios te
premiará por tu
bondad.

La pequeña siguió andando y al llegar la noche buscó un tronco hueco donde guarecerse. Mientras rezaba, vio aparecer en el cielo las primeras estrellas y el recuerdo de sus padres la hizo llorar. Se quedó contemplando una estrella que parecía moverse.

  «Parece que viene hacia aquí», pensó la niña. «¡Qué bonita es!».

La estrella descendió hasta posarse a los pies de la niña, delante del hueco del árbol. Era pequeñita, pero daba tanto calor como una estufa.

88

La niña dejó de sentir frío
y se acordó de sus papás.

—¡Mamá… papá… velad
por mí, que me he quedado
muy sola! —dijo asustada en voz alta.
Entonces comenzaron a bajar del
cielo muchísimas estrellas relucientes y
todas cayeron a sus pies, convirtiéndose a
continuación en monedas de oro.
Comprendiendo que se trataba de un
milagro, dio gracias al cielo. Desde
aquel día dejó de ser pobre,
convirtiéndose en la muchacha
más rica de toda la región.
Fue un premio que Dios le
concedió por socorrer y ayudar
siempre a sus semejantes.

# El murciélago y la comadreja

Vivían en un árbol, en el interior de un bosque, una comadreja y un murciélago. Éste había hecho su vivienda en un pequeño hueco del tronco y la comadreja tenía su guarida al pie, entre las raíces. Ambos pasaban el día cazando para poder comer: insectos el primero, y ratoncillos y pequeñas aves la segunda.

El murciélago sabía que no podía fiarse de su vecina la comadreja, porque en cuanto se descuidara podría comérselo.

Una mañana de otoño, una ráfaga de fuerte viento le dobló las alas, derribándolo ante la comadreja, que rápidamente se dispuso a atraparlo para devorarlo.

91

—¡Vaya, hombre! —exclamó muy contenta—. Por fin te cacé. Soy enemiga mortal de todo lo que vuela.

—Pero yo no soy un ave —se defendió el murciélago—. ¡Soy un ratón!

—¡So mentiroso! Harta estoy de verte entrar y salir de tu escondrijo volando.

—Soy ratón, como todos los de mi especie. Mira mi cuerpo cubierto de pelo. ¿Tienen pelo los pájaros? —insistía el astuto murciélago para salvar su vida.

—No, los pájaros tienen plumas —admitió la comadreja. En la discusión, la comadreja se distrajo un poco y el murciélago aprovechó la ocasión para escapar de una muerte segura.

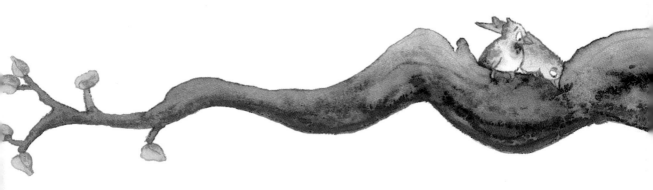

—¡Adiós, tonta! —le gritó el animalillo volando—. Te he engañado y he escapado de tus garras. ¡Fastídiate!

—¡Me las pagarás! —respondió la comadreja muy furiosa—. Ya te cazaré.

Poco tiempo después, otra vez el viento derribó al murciélago y lo dejó en manos de su enemiga la comadreja, que volvió a atraparlo sin dudarlo un momento.

—¡Ya te tengo! —exclamó, muy satisfecha—. Y esta vez no me engañarás. Soy amiga de las aves, pero enemiga de los ratones. De modo que prepárate a morir como un miserable ratón.

—Pero yo no soy un ratón, señora comadreja —dijo él—. ¿No habéis visto cómo voy volando a todas partes?

—¡No me engañarás, eres un ratón! —gritó la comadreja, ya fuera de sí.

—No, señora: ¡soy un pájaro!

—¡Un ratón! —volvió a gritar ella.

—¡Un pájaro! ¿Acaso quieres que te demuestre que soy un pájaro?

—¡Sí! ¡A ver si eres capaz!

—Para demostrártelo tienes que soltarme primero —contestó el astuto murciélago intentando engañarla.

La comadreja cayó en la trampa y lo soltó. Al instante el murciélago voló y no se detuvo hasta hallarse seguro en su nido y lejos de su alcance.

—¡Te he
engañado otra
vez, tonta comadreja!
—gritó desde arriba.

—¡Te juro que no lo
volverás
a hacer
nunca
más!
—respondió ella.

Y fue verdad que el murciélago no
volvió a engañar a la comadreja
porque, como era inteligente, pensó
que no se puede abusar del ingenio
ni de la fortuna: recogió sus cosas
y se fue a vivir a otro árbol, lejos
de su peligrosa vecina.

# La tinaja encantada

Un labrador estaba arando su campo, cuando, de pronto, la reja de su arado, que era de madera, se rompió al chocar contra un objeto duro. Cuando se inclinó para ver qué era, vio que se trataba de una gran tinaja de barro.

«Me la llevaré a casa para compensar la rotura de la reja», pensó.

Llevó a casa la tinaja y la colocó junto a un rincón del patio ante las protestas de su mujer, que gritaba diciendo que aquello era un tiesto viejo inservible.

El labrador no la escuchó y se dispuso a ir al mercado para comprar una reja nueva para su arado.

Pero al pasar junto a la tinaja se le cayó dentro una de las monedas que llevaba en la mano. Se inclinó para recogerla y vio un puñado de monedas en el fondo. Rápidamente las sacó y comprobó que dentro quedaba otra cantidad igual. Volvió a sacarlas y a comprobar que en el fondo seguían quedando las mismas monedas que sacaba.

Entonces comprendió que la tinaja estaba encantada y que siempre volvía a tener en su interior lo mismo que se sacaba de ella. De este modo, el hombre se hizo rico. El labrador contó a su mujer el encantamiento de la tinaja y le hizo prometer que guardaría el secreto. Pero a la mujer le faltó tiempo para ir a contárselo a su vecina, rogándole que no se lo dijese a nadie. La vecina lo contó también a una amiga y poco después todo el mundo conocía el secreto de la tinaja encantada.

Llegó el caso a oídos del juez, que era un hombre muy ambicioso, y ordenó al labrador que se presentara ante él.

Así lo hizo el labrador, y se dirigió a ver al juez con su tinaja a cuestas.

—¿De dónde has sacado esta tinaja? —le preguntó el juez inquisitoriamente.

—La encontré en mi campo mientras araba —respondió el labrador.

—¿Puedes demostrarlo? —volvió a preguntar el juez pidiendo alguna prueba.

—No, no puedo desmostrarlo. Estaba yo solo, pero la tinaja estaba enterrada en tierras de mi propiedad.

—¿Y quién me dice a mí —inquirió de nuevo el juez— que no la has robado de algún otro lugar? Mientras el caso se aclara, dejarás aquí la tinaja bajo mi custodia. Ahora vuelve a tu casa y ya te mandaré llamar.

Cuando el labrador llegó a
su casa sin la tinaja, le contó a su
mujer lo sucedido. Como la mujer
hablaba tanto, poco después lo
sabía todo el pueblo y criticaban al juez
por su comportamiento. Incluso, el padre
del magistrado, al enterarse, fue enfadado
a recriminar a su hijo:

—¿No te da vergüenza quedarte con
la tinaja de un humilde labrador?

—Es que no es una tinaja cualquiera
—respondió el juez—. Ven y lo verás.

Se acercaron a ella y el hijo le explicó
al padre el encantamiento. El viejo echó
en su interior unas pocas monedas
y empezó a sacar monedas a puñados.
Pero tanto se inclinó para llegar hasta
el fondo, que se cayó dentro.

El juez fue a sacarlo y vio dentro a otro anciano igual. Lo sacó, pero apareció otro anciano igualito que su padre. Cada vez que sacaba al padre de la tinaja, aparecía otro dentro.

Así pasó el resto de su vida, sacando padres de la tinaja. Justo castigo a su injusticia.

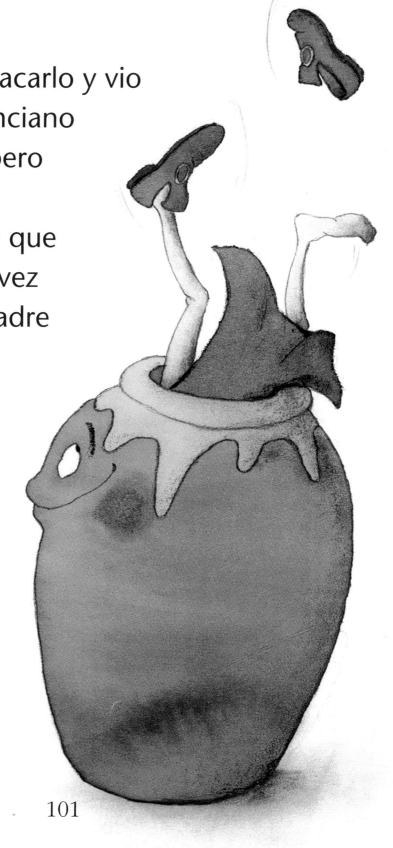

# El pájaro de las alas doradas

En un lejano país vivía un príncipe a quien le gustaba mucho salir a pasear por el monte y observar las plantas y los animales que allí vivían.

Un día, mientras cabalgaba, vio un ave con las alas doradas que le impresionó mucho y decidió seguirla para poder verla de cerca con más detalle.

Siguió cabalgando y cabalgando hasta que llegó a una montaña en la que se encontró con varias estatuas. «¡Qué extraño!», se dijo. «¿Quién las habrá puesto aquí?».

Mientras pensaba
y pensaba,
el pájaro
volvió a
revolotear
sobre
su

cabeza
y él se apartó
un poco asustado.

De pronto, se le apareció un ermitaño que
le hizo una importante advertencia:

—¡Detente! Ese pájaro lo ha enviado
una bruja malvada que vive en lo alto
de la colina. Si te encuentra, te convertirá
en una estatua de mármol, a no ser que
tú consigas, antes que ella te vea, tirarle
del pelo. Así perderá todos sus poderes.

El príncipe, que era muy
inteligente, dejó de perseguir
al pájaro y, trepando por la colina,
vio que la bruja estaba de espaldas
y la agarró del pelo fuertemente.
La bruja intentó soltarse, pero no
pudo. Entonces, comenzó a gritar
y gritar. Tan fuerte gritaba que la
colina empezó a temblar.

—Bueno, príncipe. ¿Qué es lo que
quieres de mí? —dijo por fin la bruja.

—Quiero que me entregues
al pájaro de las alas doradas y que
devuelvas la vida a todos esos jóvenes
que convertiste en estatuas de mármol
—contestó el príncipe.

Entonces la bruja accedió y le entregó
el precioso pájaro dorado.

El príncipe, al ver aquella
hermosa ave de cerca,
quedó tan maravillado
por su belleza
que le dio un
beso.

Y en aquel preciso momento, el ave se convirtió en una preciosa joven que sopló sobre la cabeza de las estatuas, que al instante recobraron su forma original y volvieron a ser apuestos jóvenes que sonrieron felices a la muchacha y le dieron las gracias por haberles devuelto la vida.

El príncipe soltó a la bruja, que echó a volar rabiosa sobre su escoba y nunca más se la volvió a ver por allí.

A las pocas semanas, el príncipe y la bella jovencita se casaron y fueron muy felices.

# El pescador Urashima

Hace mucho, pero que mucho tiempo, en una aldea japonesa vivía Urashima junto a su madre en una humilde casita. A menudo ésta le decía:

—Hijo, ¿por qué no buscas una muchacha buena y te casas?

—Madre —respondía él—, con lo que yo gano pescando únicamente podemos vivir dos personas: tú y yo.

Una mañana, mientras pescaba en el mar, lanzó sus redes y, al recogerlas, encontró una pequeña tortuga.

—¡Qué tortuga tan pequeña! —exclamó.

—Soy muy pequeña. No serviré de alimento ni para una persona. ¿Por qué no me sueltas? —suplicó el animal.

Urashima la devolvió a las aguas.

Pasaron los años y un día que Urashima estaba pescando se desencadenó una tormenta terrible y su barquita volcó. Cuando creía que le faltaba poco para morir ahogado, ya que él no sabía nadar, apareció una enorme tortuga que le dijo:

—Una vez tú me salvaste la vida. Ahora yo te la salvo a ti y te devuelvo el favor.

El pescador, aliviado, pensó que le acercaría a la costa, pero se equivocó. Subido sobre su caparazón, fue sumergido hasta el fondo del mar y llevado hasta el palacio del rey dragón. Una vez allí, la tortuga le llevó ante la hermosa princesa Otohime para presentárselo.

Cuando Urashima vio a la bella joven, se enamoró al instante. A ella le ocurrió lo mismo. Vivieron tres años muy felices, pero el pescador estaba muy preocupado por su madre y le pidió a la princesa que le permitiera ir a verla, a lo que ella contestó:

—Si te quedas aquí, junto a mí, vivirás para siempre. Si te marchas, es posible que no regreses jamás.

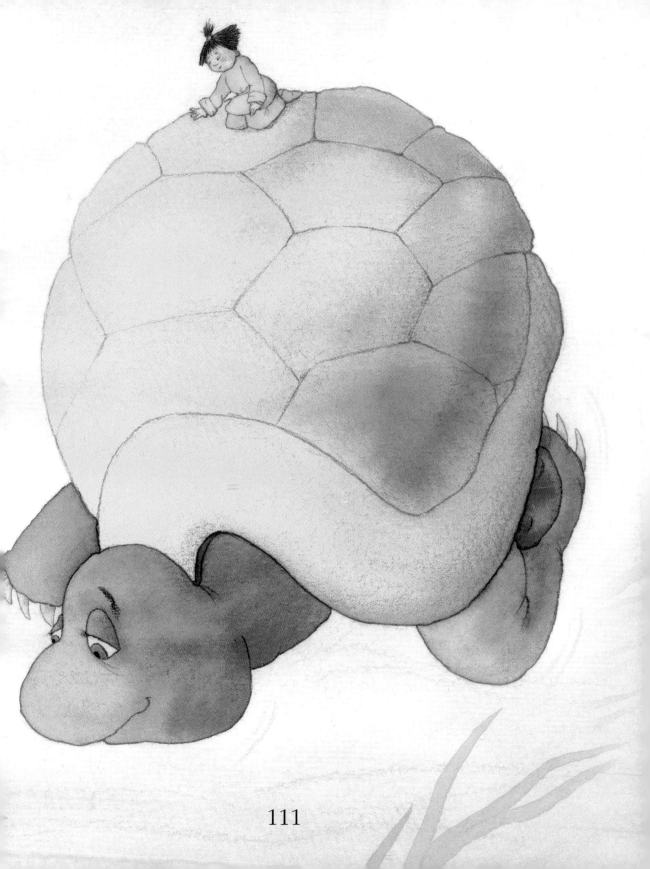

La princesa, como le amaba tanto, le dejó marchar. Al despedirse le dio un abrazo y una cajita, diciendo:

—Mi querido Urashima, deseo que encuentres lo que buscas. Toma esta caja y no la abras por nada del mundo. Si quieres regresar aquí de nuevo, acércate a la costa con ella en la mano, la tortuga irá a recogerte y te traerá otra vez a mi lado. Te deseo mucha suerte.

El pescador estaba triste por dejarla, pero contento de poder volver a ver a su madre. Cuando llegó a la costa, vio que todo había cambiado. Desesperado, preguntó a un hombre que pasaba por allí si había oído hablar del pescador llamado Urashima que vivía justo en ese lugar.

—Sí, claro. Todo el mundo ha oído esa leyenda. Hace trescientos años el joven pescador se fue sobre una tortuga al palacio del rey dragón y no volvió jamás. Su madre murió ese día de tristeza.

—Yo soy Urashima y no han pasado trescientos años, sino tres. Esta caja me la dio la hija del rey dragón. ¿Me crees ahora?

Urashima, olvidando las recomendaciones de su amada princesa, abrió la caja y descubrió que dentro sólo había humo.

En ese mismo momento, el joven pescador comenzó a envejecer y se acabó convirtiendo en polvo.

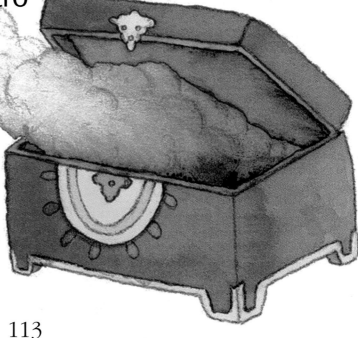

# El príncipe y la araña

Hace muchos años, dos reinos vecinos entraron en guerra.

Después de duras batallas, el príncipe de uno de los reinos fue hecho prisionero. Una noche, aprovechando que el guardián se había quedado dormido, logró escapar por la ventana acompañado de uno de sus fieles soldados.

Caminaron toda la noche sin parar, iluminados por la luz de la luna.

Cerca de la medianoche, débiles y cansados, se refugiaron en el interior de una cueva profunda y oscura, temerosos de que alguien los fuera a descubrir.

115

Si esto ocurría, les entregarían al enemigo y acabarían con su vida.

A la mañana siguiente, después del amanecer, oyeron voces y pasos en la entrada de la cueva. Era un grupo de soldados enemigos que iba tras ellos.

—Busquemos ahí, dentro de la cueva —dijo uno de los soldados.

El príncipe y su criado aguantaron la respiración pensando que, si los capturaban, habría llegado el final de sus días en aquella misma cueva.

—No hace falta que busquemos. Aquí no hay nadie —comentó otro soldado muy seguro—. ¿No ves en la entrada esa gran telaraña que la cubre de lado a lado? Si hubieran entrado la hubieran roto.

—Entonces vámonos de aquí —añadió otro—, sigamos la búsqueda por otra parte.

El príncipe y su fiel servidor no podían creer lo que acababa de ocurrir. Estaban convencidos de que era un milagro. Estaban vivos y se lo debían a un animal tan insignificante como la araña. Los había salvado al tejer, durante toda la noche, aquella tela salvadora.

—Es una araña maravillosa —dijo el príncipe—. Sin ella nos habrían atrapado y hubiésemos muerto.

# Los zapatos rojos

É rase una vez una niña llamada Catalina que vivía con su anciana abuela. La niña sólo pensaba en divertirse.

Un día la anciana decidió comprarle unos zapatos y Catalina, aprovechando que la mujer no veía muy bien, los eligió de color rojo, como ella quería.

El domingo, la niña se los puso para ir a la iglesia. Todos la miraban, pero no le importaba. A la puerta de la iglesia había un soldado que limpiaba zapatos.

Al acercarse la niña, se los tocó y dijo:

—Danzad, zapatos, y no paréis jamás.

Y desde aquel preciso momento, la niña se puso a danzar sin poder parar.

Sin dejar de bailar, pasaban los días y las noches. La niña ya no aguantaba más. Recorrió pueblos, ciudades, bosques…

Sin dejar de bailar se dirigió a la casa del verdugo para que le cortara los pies.

—¿Qué quieres de mí? Yo sólo sé cortar cabezas, ¿es eso lo que quieres?

—No me cortes la cabeza, pero sí los pies —suplicó la niña.

—¿Estás segura de lo que me pides? —preguntó extrañado el verdugo.

—Sí. Ya no lo soporto más. Por favor, hazlo cuanto antes —añadió de nuevo.

El verdugo hizo lo que se le pedía. La niña al fin dejó de danzar, pero los pies con los zapatos siguieron danzando.

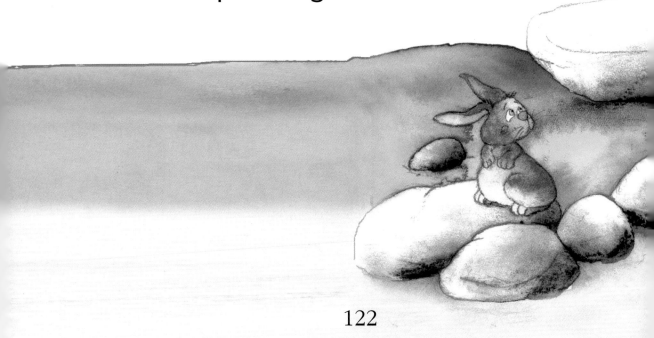

El verdugo hizo después un par
de piececitos de madera para Catalina.
La niña se dirigió a la iglesia y, cuando iba
a entrar, los zapatos rojos se lo impidieron.
Entonces, se acercó a la casa del sacerdote
y allí aprendió a ser buena y obediente.

Un domingo que se encontraba sola en
casa se le apareció un ángel. La niña, muy
arrepentida, lloró. El ángel la mandó a la
iglesia y, al llegar allí, comprobó que ya
no estaban sus zapatos. Y de nuevo,
volvió a ser feliz.

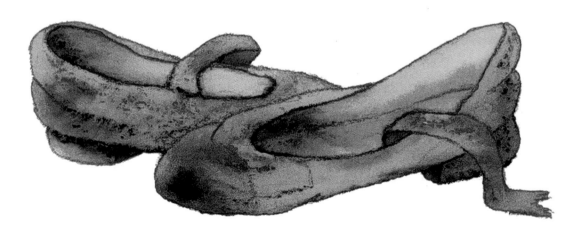